커서 뭐가 될래?

그림
안경희

대학에서 의류를 공부하다 뒤늦게 꿈을 찾았습니다.
어릴 때부터 그림 그릴 때가 가장 즐거웠어요.
그림 그리는 사람이 되고 싶다는 제 꿈을 이루었답니다.
저의 새로운 꿈은 따뜻하고 유쾌한 그림으로
친구들에게 그 마음이 전달되는 거예요.
어린이 여러분의 가장 즐거운 꿈을 꼭 찾길 바랍니다.
그린 책으로는 〈동화로 읽는 2학년 땅 짚고 한자〉,
〈물리야 물리야 나 좀 도와줘〉,
〈선생님은 너를 사랑해 왜냐하면〉 등이 있습니다.

커서 뭐가 될래?

글 고상한 그림책 연구소 | **그림** 안경희

상상의집

영태권도

"어휴, 넌 커서 뭐가 될래?"

엄마는 나만 보면 말해.

내 짝 공주도 심심하면 그래.

“넌 커서 뭐가 될래?”

앗
저 기... 공 주 야 ?
어 디 있 지 ?

“여러분, 커서 뭐가 되고 싶어요?
다음 시간에 함께 이야기해요.”

공주는 커서 마녀가 될 게 틀림없어.

그런데 난 커서 뭐가 될까?

그때 골목 끝에서 무언가 반짝거렸어.

미용실

어? 이건 거울이잖아.

그런데 아무리 들여다봐도 내 얼굴이 비치지 않아.

으악! 이게 뭐야! 달걀귀신이라도 됐나?

바보 거울!

“엄마,
거울에 내 얼굴이 비치지 않아.”
“어디? 어디?”
엄마가 거울을 들여다보았어.
그런데 거울에 비친 건
동화를 쓰는 엄마였지.

네 어미다!

아빠 얼굴을 비추자,

'용감한 소방관 상'을 받는 아빠의 모습이 보였어.

"이거 혹시 꿈을 비추는 거울 아닐까?"

"꿈을 비추는 거울?"

"난 '용감한 소방관 상'을 받는 게 꿈이고,

당신은 작가가 되는 게 꿈이잖아."

백
일
용감한 소방관 상
119

마트 안의 사람들을 거울로 비춰 보았어.

내려
행사상품
30% DC
3+1
특가행사
시식코너
먹어도
먹어도
먹고 싶은
영양만점
한입에
쏘옥!
바삭해
꼬꼬비
나이스
아빠손

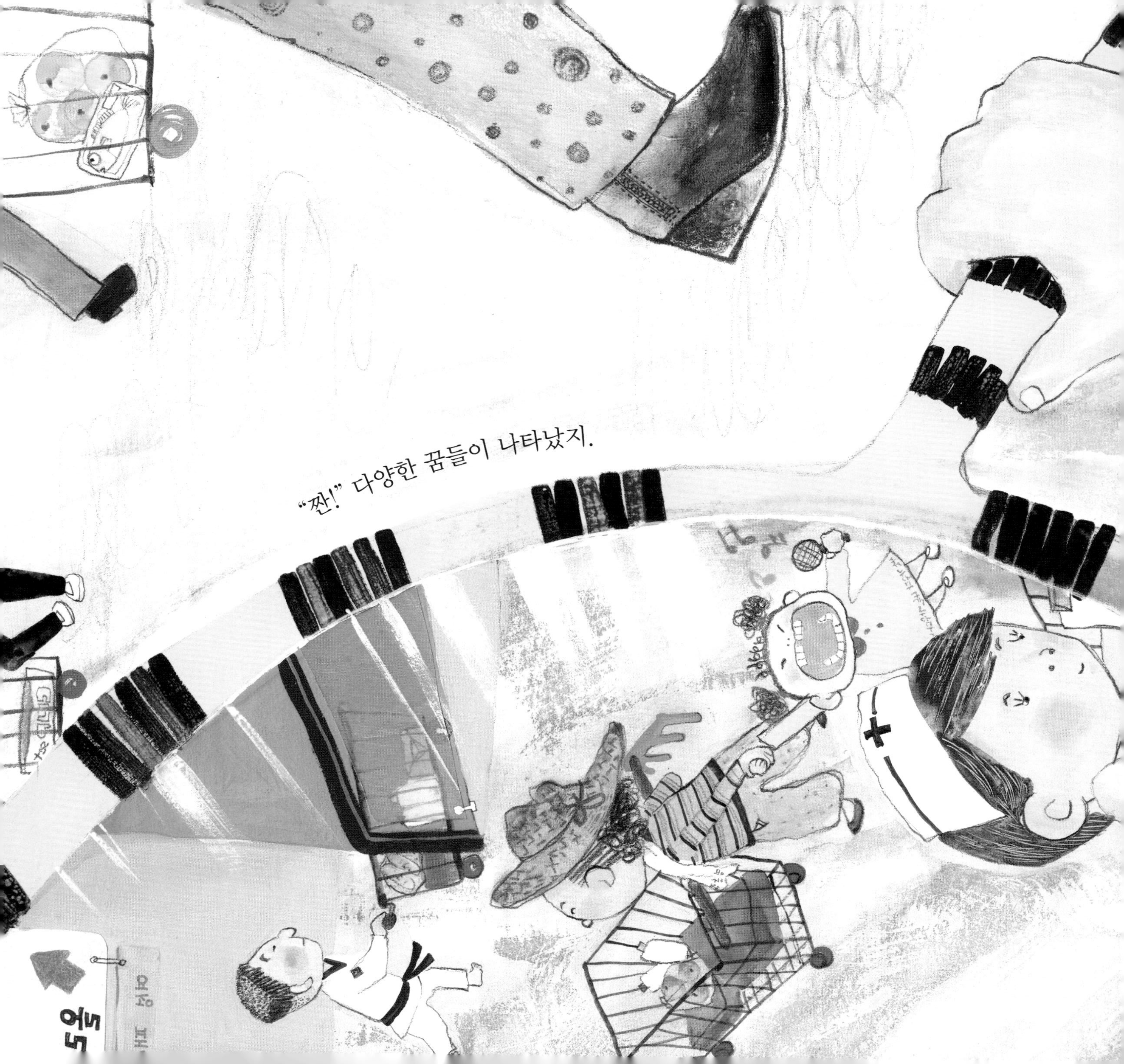

"짠!" 다양한 꿈들이 나타났지.

물을 아껴 씁시다.
-목욕탕 주인-
아빠고속도로
80

목욕탕의 벌거벗은 사람들도 비추었어.

32

물을 아껴 씁시다.
-목욕탕 주인-
KOREA
KORE

2-2

우리 반 친구들도

저마다 멋진 꿈을 갖고 있네?

왜 나만 꿈이 없지?

나는 좋아하는 것부터 생각해 보기로 했어.

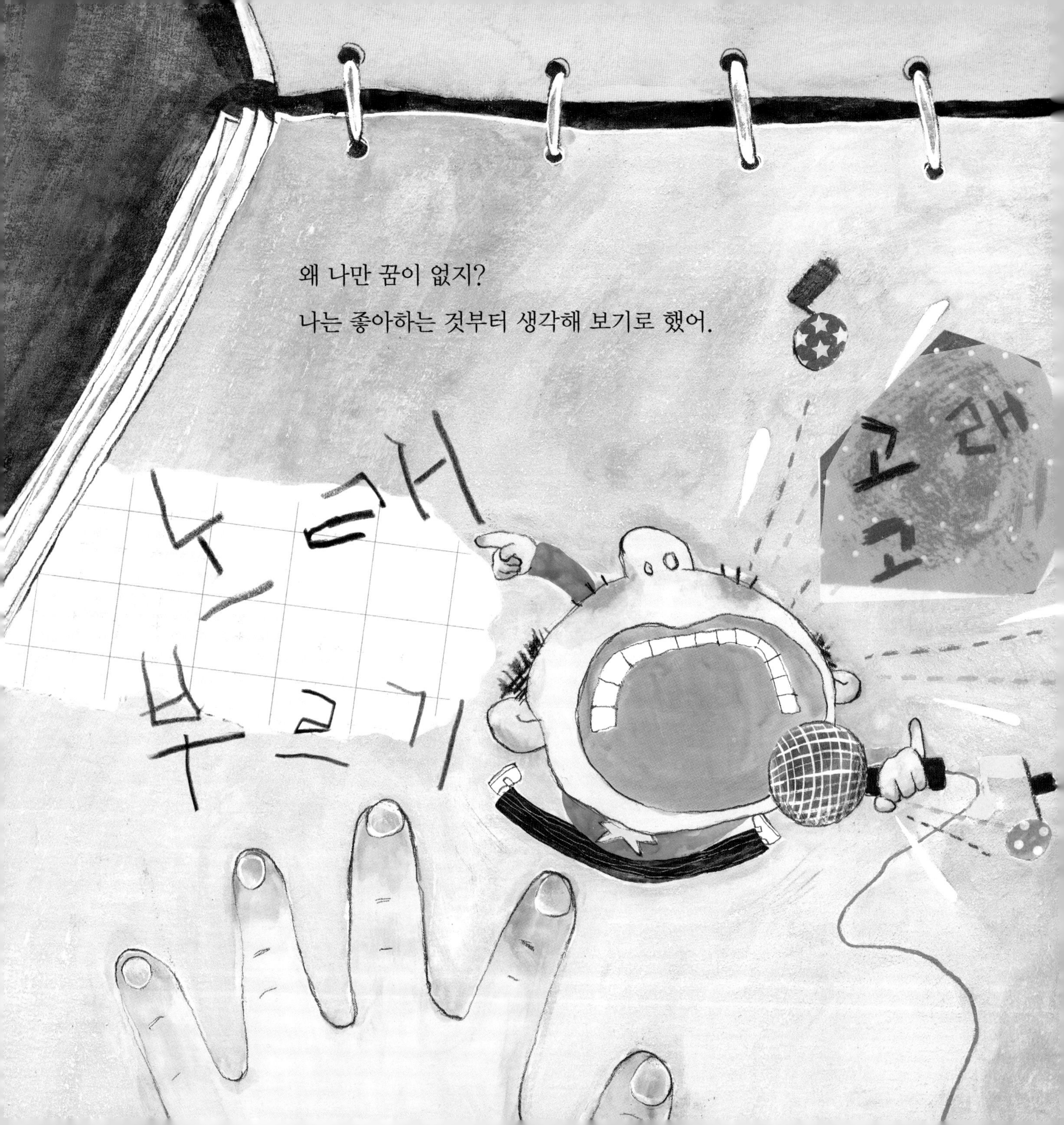

거울보기
봉사하기

게임하기
YOU WIN
발표하기

잘하는 것도 공책에 적어 보았지.

노래 부르는 걸 좋아하니까 가수?

달리기가 빠르니까 축구 선수?

목소리가 크고 발표를 잘하니까 대통령?

다 할 수는 없나??

뻥

그러다 거울이 그만 “뻥!” 터져 버렸어.

"가만, 이호만 발표를 안 했네.
이호는 커서 뭐가……."

"전 슈퍼스타가 될 거예요!"

"가수도 되고, 축구 선수도 되고, 대통령도 될 수 있는
영화배우가 될 거예요!"

"안 돼! 영화배우는 내 꿈이란 말이야!"

공주가 갑자기 소리쳤어.

"무슨 소리! 슈퍼스타는 바로 나 이호 님이시다!"

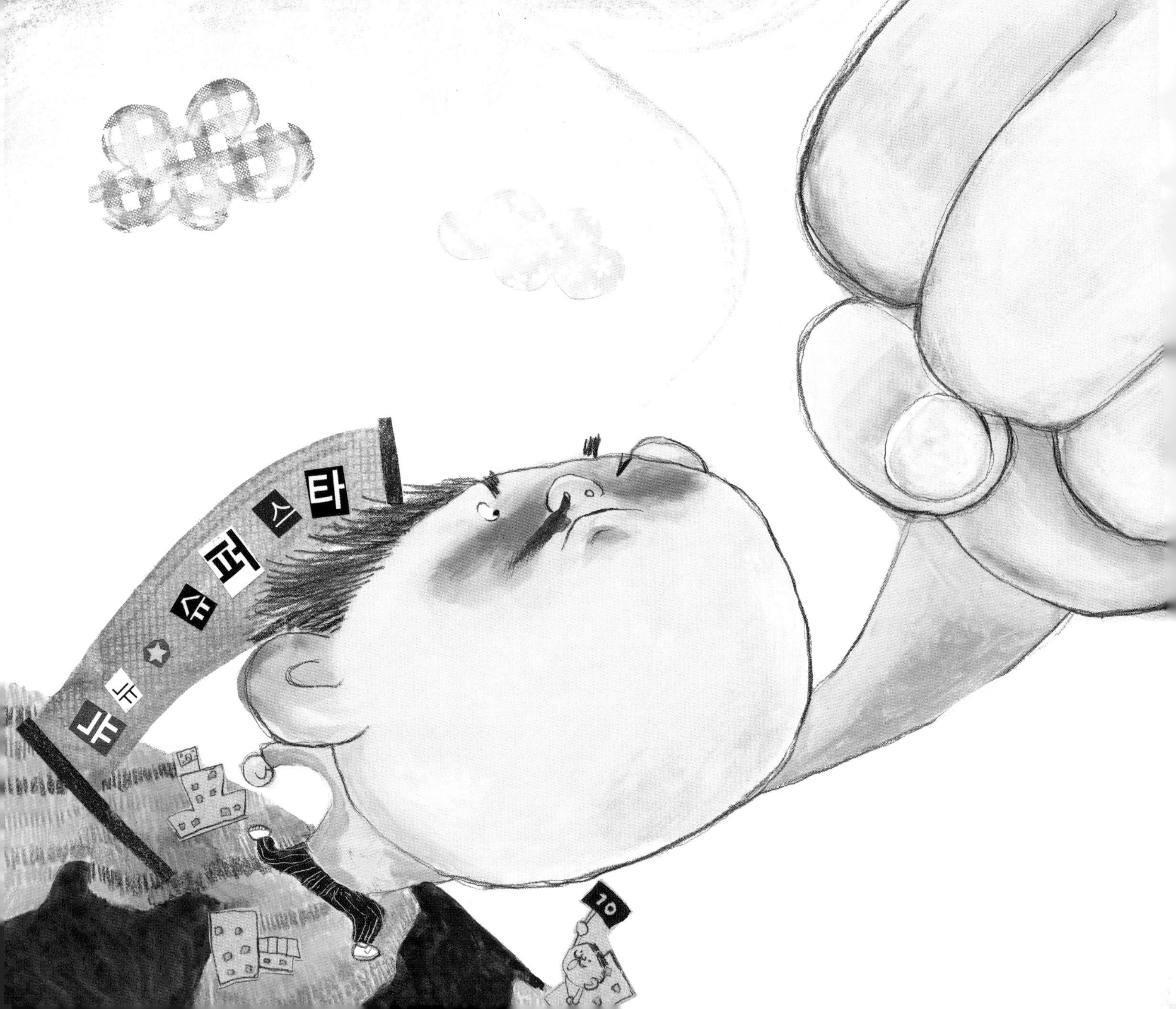

우리는 모두 미래의 슈퍼스타야!

슈퍼스타
우유빛깔 공주
MBS
사랑

생각 톡

★ 나의 꿈을 찾아요

나는 어떤 것을 좋아할까요? '엄마, 아빠, 고양이, 아이스크림…….' 이런 사물이 아니라 내가 좋아하는 행동들을 생각해 보는 거예요. '책 읽기, 피아노 치기, 축구하기…….' 이렇게 내가 좋아하는 것, 특별히 관심이 가는 활동, 즐거움이나 재미를 느끼는 일이 나의 '흥미'랍니다.

나는 어떤 것을 잘할까요? 다른 사람에게 자주 칭찬을 듣는 일이나 나에게 잘 맞고 자신 있게 할 수 있는 일, 상을 받은 일 등을 '재능'이라고 합니다.

좋아하는 일과 잘하는 일은 비슷한 경우가 많아요. 내가 무엇을 좋아하는지 또 내가 무엇을 잘하는지를 찾아가다 보면 나를 더 잘 알게 되지요. 내가 좋아하면서 잘하는 일을 찾는 것이 바로 '나의 꿈'을 찾는 일이에요. 특별한 나만의 꿈을 찾아 키워 보세요.

★ 내 꿈을 소개해요

내가 좋아하면서 잘하는 일이 무엇인지 찾았나요? 특별히 어떤 일을 좋아하기 때문에 꿈이 되기도 하고, 내가 잘할 수 있는 일이어서 꿈이 되기도 해요. 또 감명 깊은 일이나 특별한 경험 때문에 꿈이 생기기도 하지요. 꿈을 찾았다면, 친구들에게 내 꿈을 소개해 보세요. 나는 어떻게 꿈을 찾게 되었는지, 내 꿈은 무엇인지 친구에게 말해 보는 거예요. 꿈을 말하고 나면 더욱 내 꿈을 키우고 싶어질 거예요.

★ 내 꿈을 키워요

꿈을 이루어 가는 과정에서 여러 가지 어려움을 만날 수 있어요. 사람들이 반대하기도 하고, 환경이 어려워서 꿈을 포기해야 하는 경우도 있지요. 노력하지 않는다면 꿈을 이루기 어렵겠지요? 꿈을 지키고 키워 갈 방법을 생각해 보아요.

꿈을 위해서는 어떤 일을 해야 할까요? 꿈을 이루기 위해 꼭 해야 할 일을 적어 보세요. 규칙적으로 매일매일 해야 할 일을 생각해 보는 거예요. 이미 내 꿈을 이룬 사람을 찾아보는 것도 좋아요. 그런 사람을 보며 내 꿈을 다짐할 수 있으니까요.

또 꿈과 관련된 책을 찾아 지식을 쌓고 공부를 하면서 재능을 키워 갈 수 있지요. 매일매일 열심히 준비하다 보면 내 꿈에 한발 더 가까이 다가갈 수 있을 거예요.

상상 톡

잠자지 않을 때에도 꾸는 꿈이 있답니다. 바로 '꼭 이루고 싶은 꿈', '내가 되고 싶은 꿈'이지요. 누구나 내가 미래에 무슨 일을 할지 궁금해요. 주변에서 "커서 뭐가 될래?" 하고 묻기도 하고요. 내가 무엇을 좋아하는지, 무엇을 잘하는지 생각하다 보면 꿈을 찾을 수 있어요. 하지만 아직 어린 친구들이 꿈을 찾는 것은 쉽지 않은 일이에요. 사실 어른들에게도 꿈을 찾는 것은 굉장히 어려운 일이랍니다.

꿈을 찾기 전에 생각해 보아야 할 것이 참 많아요. 내가 잘하고 좋아하는 것 말고도, 앞으로 어떻게 살고 싶은지, 나에게 중요한 일이 무엇인지 생각해 보아야 해요. 꿈을 찾아도 무엇부터 해야 할지 막막해요. 이럴 때는 꿈을 이룬 사람에 대한 책을 찾아보면 좋아요. 또 부모님이나 선생님께 여쭈어 보면 함께 고민해 주실 거예요. 꿈에 대한 고민들은 쉽게 답이 나오는 문제가 아니니 많은 사람과 이야기하고 오랫동안 생각하고 끈기 있게 노력해야 한답니다.

각자의 꿈은 모두 소중해요. 친구들이 부러워하지 않아도, 낯설고 특이한 꿈이라도 나에게 중요한 것이라면 좋은 꿈이 될 수 있답니다. 같은 꿈이라 해도 그 꿈을 이루는 방법에는 수십 수백 가지가 있을 수 있어요. 또 자라다 보면 꿈이 바뀌기도 하지요. 꿈이 바뀌는 데 중요한 이유가 있었다면, 여러 번 꿈이 바뀐다고 해서 걱정할 필요는 없습니다. 아직 꿈을 찾지 못했다고요? 흥미와 재능, 특별한 경험을 바탕으로 꿈을 찾기 위해 노력하다 보면 멋진 미래가 펼쳐질 거예요.

커서 뭐가 될래?

글 고상한 그림책 연구소 | **그림** 안경희
펴낸날 2022년 2월 15일 개정판 1쇄
펴낸이 김상수 | **기획 · 편집** 이성령, 권정화, 조유진 | **디자인** 문정선, 조은영 | **영업 · 마케팅** 황형석, 임혜은
펴낸곳 루크하우스 | **주소** 서울시 서초구 사임당로 50 해양빌딩 504호 | **전화** 02)468-5057 | **팩스** 02)468-5051
출판등록 2010년 12월 15일 제2010-59호

www.lukhouse.com
cafe.naver.com/lukhouse

ISBN 979-11-5568-513-6 64800
ISBN 979-11-5568-490-0 (세트)

※ 잘못된 책은 구입처에서 바꾸어 드립니다.
※ 값은 뒤표지에 있습니다.

상상의집